18,-

Gisela Hemau

Abschüssiges Gelände

Gisela Hemau

Abschüssiges Gelände

Gedichte

Königshausen & Neumann

Einbandgestaltung unter Verwendung der Zeichnung „Nudo giovanile“ von Amedeo Modigliani mit freundlicher Genehmigung der COMUNE DI LIVORNO, MUSEO GIOVANNI FATTORI.

Die Deutsche Bibliothek — CIP-Einheitsaufnahme

Hemau, Gisela:
Abschüssiges Gelände : Gedichte / Gisela Hemau. –
Würzburg : Königshausen und Neumann, 1995
ISBN 3-8260-1102-3

Druck: Verlag Königshausen & Neumann, GmbH
Umschlag: Hummel / Homeyer, Würzburg
Gedruckt auf säurefreiem, alterungsbeständigem Papier
Bindung: Rimparer Industriebuchbinderei GmbH

Printed in Germany
ISBN 3-8260-1102-3

I

Fort

Der Ufervorsprung löst sich
ab folgt der Strömung
die dem Wind folgt
ich lehne mich an den Baum
der Baum ist ein Mast
ich fahre und fahre

Fahrt

Die unverminderte
Geschwindigkeit
an der er festhält

Sie hat längst
die Sinne
überholt

Ein verändertes
Licht jetzt
wie unter Wasser

Langsam dann
aus der verschwommenen
Reihe der Bäume

der einzelne
auf ihn zu gleitende
Stamm

Luft

Flanierende Mädchen
dünn wie Fahnenstangen
auf einer Straße
die es seit dem Krieg
nicht mehr gibt
Körpersüchtig
wehen durch die wortlose
Zeit ihres Todes
ihre Kleider
davon

Dort

Das Haus entfernt sich
es läßt mich zurück

Mein Körper zieht sich
zusammen er schrumpft

Ein Kind bleibt übrig
dem ich zusehe

wie es sich verliert
zwischen den Hügeln

Zur nächsten Ortschaft
ist es sehr weit

Einzelkämpfer

Die Zuschauer haben Hände
die winken
Man spürt nur die Luft

Manchmal vergißt man sogar
das Fahrrad
Dann zwängt sich der Sattel
wieder zwischen die Beine

Die Füße werden eingeholt
von den Pedalen
und gehen weiter im Kreis

Auf der Gegenseite

Übergangslos sei die Straße
Die Katze sei schwarz
gewesen wie ihre Nacht

Tot sei sie gewesen
Die Straße habe
sie fortgekippt

Übergangslos sei
ein Fell ihr gewachsen
Es wachse sie zu

Vereinnahmt

Ein Kakerlak
auf meinem
Kleid

das jemand
er heißt
Emmanuel Bove
ausschüttelt
durch ein
geträumtes Fenster

Er zieht mich
weiter aus
Ich sage
das Lesen ist für den Kopf
was für den Körper
die Liebe ist

Er schweigt

Bahndamm

Die Augen bleiben liegen
bittere Kerne an jenem Punkt
der Entfernung wo ich nicht weiß
ob der den ich sehe zwischen den Gleisen
entgegenkommt oder schon fortgeht

August Macke

Er träumt:
Undeutlich die Beine oder sind es
die Arme eines abgeschnittenen
Körpers die sich dehnen sich
strecken bis hin zum Horizont
und jetzt liegen bleiben
zwischen den Feldern

Es sind Wege sagt er
und das Licht gibt ihm recht

Seit Jahren

Die Bewohner wüßten
das Fallen wäre wie ein Gehen
und die Wände des Hauses gingen
mit
Immer wieder öffneten sie ein Fenster
zum Schacht und sähen ihm zu
wie er sich hier unten in der Stille
verlöre
Sie befänden sich noch
in der ersten Sekunde seines Todes
Er aber fiele seit Jahren

II

Lufttürmerin

In ihrem Sitzkäfig
der zwischen den Türmen
hängt
beugt sie sich
so weit es geht vor
um zu springen
Aber die Türme
sind klein
wie ein Spielzeug
und stehen
unter dem Stuhl
ihres Vaters

Auf Skiern

Winzige Richter
in schwarz sich abhebenden
Talaren
fahren entzückt im
Schnee
der von den zu Berge stehenden
Haaren
des Angeklagten
fällt
Nur bei einem von Hundert
sind die Schneefälle
derart ergiebig

Morandi

Das pudrige fasrige
vertrocknete Licht
in dem der Tod ist
wie in seinem Namen

Die Kälte geht von den Gefäßen
aus
Gefäße die er gemalt hat
und die mich umstehen
weil in ihnen mein Blut aufhört
zu fließen

Einen Augenblick sieht
er mich an
Durchsichtig wird mein Körper
Jetzt ist er aus Glas
Ein gelbblasser Schmerz

Aber die Farbe war von jeher
in seinen Bildern
Ich gehe ihn nichts mehr an

Dann

Die Annäherung vogeleinzeln
Während man
eindringe
das Weichbild sichtbar bis zur
vollkommenen Klarheit
der Blendung
Leerdistanzen Ausgehend
vom Rand die Krümmung
schmerzbegradigt
Eine Gegend ohne Folgen
gelöscht zu Wege
mühsam als stehe ein Tod
noch bevor

Motorradfahrer

Er spürt nichts
nur das Vibrieren der Arme
das ihn vorantreibt

Aber wie stehengeblieben
seine Maschine
im Flirren im Flimmern der Luft

Die anderen haben sich entfernt
Es gibt keine Straße
auf der er sie einholt

nur noch den einzelnen
auf ihn zu gleitenden
Baum

Fallen

Sie wußte die Bäume hier
benützen den Sturz
der sie träumenden
Menschen
um zu fliegen
Schon wuchsen sie ihr
entgegen
schneller und schneller
Während sie noch
nach einem Halt suchte
waren sie schon vorüber
Vorbei

Dann

Möglich
aber erst hinter
der Kurve
daß die Straße
vom Berg fällt

oder der Berg
sich auslöscht
und bloß
die Straße zurück-
läßt in der Luft

und wir dort
fahren

Eines Tages

Er steht
vor dem Spiegel
Er kämmt
sich
Plötzlich formt
aus den Zinken
sich das Gebiß eines
Raubtiers
ohne daß er es sieht
oder spürt
Stückweise verschwindet
er
zwischen den Zähnen

Geräuschpegel

Wenn Ächzen von Ach kommt
dann ist es vom Ich
zum Ichzen nicht weit
vor allem wenn man anfängt
ein Niemand zu sein
und die die man war
sich den Kopf heißreden
über diesen Anfang
dann hört man das Ichzen
und das sehr laut

Ehezauber

Eins
und
eins
ist zwei
und fremd

Sie ist sein Tisch
sein Stuhl sein Bett

Sie kann ja gehen
wenn sie kann

Die Möbel bleiben

Seither

Die Liebe
mein Lieber
das untere Ach

Im Schnee die
geträumte Pistole
die weglos
daliegt

Alltäglich

Die starrenden Zweige
des toten Birnbaums
durch die der Junge
hindurchgeht
jeden Tag

Wortlos sieht
seine Mutter ihm zu

Jedesmal ist der Mann da
wenn der Junge die Wiese
hinter dem Garten
erreicht

Unabsehbar ist die Wiese
Der Mann geht vor ihm her

Sobald der Junge
ihm das Messer
hineingestoßen hat
in den Rücken

geht die Mutter
zurück ins Haus

Auf der Aschenbahn

Klein und geschrumpft
in der Gestalt von Fliegen
Personen die ich kannte
Sie sind nicht länger tot
Wie lästig sie sind
Sie drängen sich um meinen
erhitzten Körper
Ich laufe und laufe
Ich spüre den Boden nicht mehr
und kein Gewicht
Es ist als würde ich
fliegen

Kaum noch hörbar

Jenseits der geträumten
Lagune
wo ich zuhörte
in einem Boot aus Haut
seinen Pulsschlägen
Jetzt sind sie das Ruder-
geräusch
das sich von mir entfernt
im Wasser das sich ausdehnt

Die Vogelbrosche

Die Frau wußte
der Vorgang war ohne
Bedeutung aber unabstellbar
Sie rührte sich nicht
während die Verschlußnadel
im Uhrzeigersinn
von Sekunde zu Sekunde
sich tiefer durch die Haut-
schichten bohrte
und lauter und lauter dabei
der Broschenvogel
dessen Stimme eine Imitation
ihrer Stimme war
sang oder schrie
was auch immer

Kythera

Eine Schmerzzone
die sich ausgibt
als Landschaft

Der Leib
wie auf Rädern
dahingezogen
Die Bäume stehen still

Entgegen-
gestreckte Arme
vervielfacht plötzlich
ineinandergeschlungen
erstarrt

Dahinter nur noch
die Drehung
zwischen den
Bäumen

die wachsen während
der Körper
einsinkt

Vorfahren

Die Straße ist gesäumt
von Kutschen

Tote steigen heraus
bewerfen mich mit
Erde

Zerren mich
hinein
in ihren Körper

Wir rollen nach rückwärts
fort

Frau W.

Sie war Schreibkraft bei ihrem Mann
dem General
Aus dem Krieg stammt das Paradekissen
Sie hält es sauber für ihren Mann
Sie ist sehr alt jetzt
Aber sie trägt ihn hin und her auf seinem Kissen
Die Zeit dafür ist festgelegt
Der Tote hält auf Ordnung
Er weiß daß er nur in der Gewohnheit
überlebt

Ausgestellte Wirklichkeit

Das Schachbrett hängt so weit oben
an der Wand daß es fast klein wirkt
Aber seine Felder brennen

Am Boden stehen
Figuren
wie aus Holz
das Sonnengeflecht
herausgebrannt
aus den Körpern
anklagend die dunklen
Höhlen

Die Besucher wissen es sind Menschen

An der Drau

Als Toter ist er Nomade
er hält nicht mehr an
Sein Haus ist zerstört
in seinem Bett wächst Gras
das Gras das ihm jetzt wegschluckt
hinter seinem Rücken
die Straße auf der er fährt
Gleichbleibend seine Geschwindigkeit
während die Landschaft vorbeizieht so
als wäre sie seine Seele

Musterung

Unbeweglich die Gestalten
am anderen Ende

dann und wann
wird jemand aufgerufen

noch wächserner
lehnen die übrigen
an der Wand

sehen zu
wie der nächste
seinen Körper vorführt
dürftig und zum Sterben
nackt

Am Fluß unten

Es ist befremdlich
wie mir
seitdem wir uns hier
umarmten das Schilf aus
der Haut wächst
und die Beine umschlingt
Und dann die lächerliche
Verzweiflung der Hände
die schneiden und schneiden
wie sonst denn könnte ich
fort

Am Boden der Nacht

Nichts gegen mich
wenn sie sich abkürzt
oder verlängert
sie die Wasserarmreiche
die in die Kammern
ihrer Gräben zwängt
In den Kammern ihr Schoßtier
von dem sie sagt es fräße sie auf
Tatsächlich frißt es sich voll
an mir
Die Liebe sagt sie
sei ein fließender Ort
schwemmt Wasser her und sagt
Wir blieben vereint hier
für immer

Unterwasserlicht

Das schreiende Parfüm
der Sehnsucht
das er ausschüttet
über die Arme der Tänzer
Sie umfangen ihn bewußtlos
heben ihn auf im Schlaf
Die gespreizten Hände verwirren
Die Tänzer sind Taucher
Nachtwandlerisch
zwischen ihren Schnüren
bewegen sie sich
von ihm fort
Er kann sich nicht rühren
Er bleibt liegen auf ihrer Bühne
die Schenkel geöffnet
angewinkelt hüftoben
Nackt

Robert Schumann

Verwaist im Ton a
der Himmel

Aus den Stücken
von einst
nur noch das Schrittgeräusch
das ihn von sich entfernt
die Böschung hinunter
wo das Flußbett
sein Bett ist

und er dem Wasser
zusieht
wie es ihn auflöst
in die ziellose
Körperlichkeit
seiner
Glieder

Auf der Straße

Ein Körper liegt da
groß weiß verschwommen
Er gehört einer Frau
Ein Auto hält
Ein Mann steigt aus
legt seinen Kopf
unter dem schwebenden Beifall
seines schwarzen Zylinders
an die Stelle
wo der Kopf der Frau war
und ruft:
Besetzt!

Die dumpfe Nacht
hat sich geöffnet
einen Spalt

Die Paare führen
ihre Betten aus
und an der Leine
sich

Von überall her
kommen Hunde

Kindertränen

Er will mir wegnehmen
das Liebste
das ich habe
sich
Jetzt ist er mein Feind

Schlafwüste

Alt bin ich und die Freunde sind
tot
In der Nacht kennen mich die Bäume
nicht mehr
Aber sie kommen in mein Zimmer
Sie zeigen mir ihre Wurzeln
Völlig entblößt die Gebeine
Ich müßte Erde holen
Sie aber wollen Wasser

Läufer

Unerreichbar die Stelle
wo sie den Himmel
berühren
die Felder die immer
unwirklicher ihm
entgegenziehen
Nur noch die Luft
die ihm fehlt
ist wirklich
und der Lauf
der ihm fortnimmt
sich selbst

Der Schnurrbart der Mona Lisa

Morgenstern und ich
sind bei Duchamp
Ich deute auf den Flaschenständer
Inzwischen sei er eine Dornenkrone
in Gestalt einer mehrstöckigen
Torte
Ich bin es die das sagt
Duchamp wirft mir Erlösungssucht vor
Morgenstern springt mir bei
Jedenfalls ist er für die Sichtbarmachung
der Torte
Beide sind wir hungrig
und essen sie auf

Malewitsch

Sein schwarzes Kreuz markiert
wenn ich dort bleibe
das Quadrat in dem er
der regelstrenge Mönch des Möglichen
mich und sich auslöscht
Ich sehe noch den nach oben
gerückten Kreis
Wie lange das her ist
daß er ihn abgeleitet hat
von der Sonne
Ich weiß der Kreis bedeutet nichts
in der eigenschaftslosen Kälte
die zunimmt

Bild

Hände und Füße sind
nicht dargestellt
auch nicht die Nacht
in die der Körper verschraubt
ist
der wächst unaufhaltsam
weiter

III

Alte Schwarz-Weiß-Photographie

Als wäre sie erreichbar
die Inbrunst der Schwärze
hinter dem Flirren
des Gartens

von dem die beiden Gesichter
ein Teil sind
gefleckt wie die Bäume
das Gras

Vexierspiel

Unwirklich

Vogelspuren
die die Hand
in den Sand zeichnet
holen Vögel
die schon fort sind
zurück

Fortgeflogen

Vogelspuren
die die Hand
in den Sand zeichnet
machen Vögel
die es nicht gibt
wirklich

Gleichbleibende Geschwindigkeit

Es ist Nacht
Vor dem Fenster
schießen die Bäume
zu einer Schatten-
woge zusammen
die in die Höhe wächst
zerfällt
und wieder anfängt
und fortrollt
nach rückwärts

Still stehen sie erstarrt

An der Bergschlucht
eine Frau
Auf der gegenüberliegenden
Seite getrennt von seiner
Gruppe ein Mann
der, zu ihr hinübersieht
Vom Nebellicht hochgespiegelt
der Fluß
Die Brücke im Schatten
bleibt unten

Weg

Mein Körper
der unbeweglich daliegt
wird dünn und fremd
Er zieht sich
in die Länge
Sehr weit entfernt von meinem Kopf
in einem kaum wahrnehmbaren Licht
zieht er mich mit sich fort

Vergangen

Unter einem Baum
sitzen wir und spielen
wir seien Vater und Mutter

Im Fallraum der sich
vergrößert von Herbst
zu Herbst
nehmen wir die Blätter auf
wie Karten

Wir spielen um die Aussicht
Die Kinder wissen
daß wir tot sind
Aber sie kiebitzen stumm

Naked City
(Weegee)

Die Gehsteige sind
auch hier nicht
für solche
die sich aus dem Fenster stürzen
gemacht
Doch sie liegen da
ganz gelassen
Nur der Rock ist verrutscht
und bei manchen fehlt
ein Schuh

Unter geträumten Bäumen

Meine Großmutter
streut Kies
Das Knirschen zwischen
hier und nirgends sagt sie
befestigt die Wege
Ich sperre den Mund auf
Sie holt ihr Gebiß heraus
und ich bin zahnlos
Jede Unterscheidung ist künstlich
sagt sie und geht

Lewis Carroll

Die Mädchen sind seltsam
wie Tiere
Manche können sogar sprechen
Aber er kann ihr Wachstum
nicht zähmen
auch nicht wenn er sie hineinzieht
in seinen Spiegel
und dort auf Sofas auf Schaukeln
auf Stühlen
ihre Körper zurückschraubt

Einverleibung

Kein Aufstieg für den Organisten
Die Tonleiter zerbricht ihm
unter der Hand
Sein Unglück sitzt an der Orgel
Die Orgel bläht sich in seinem Bauch
Seine Finger sind Würste
Er kann nicht mehr an sich halten
Er stopft sie sich in den Mund

Verschüttung

Eine beginnende Lautlosigkeit die Bruchlinie
entlang
Ein Schweben im Schnee ich weiß
da ist ein Kranz von Vögeln
und die Luft ist ein Sarg
und wie Arme breitest du deine Kälte
aus
Aber mein Körper der Stück um Stück
aufhört
reicht nicht einmal mehr
bis zu meiner Hand

Piero della Francesca

Bei den Frauenköpfen
und den Kruppen
der Pferde
besteht er auf
der geträumten Gleichheit
des Profils

Als würde so sichtbar
die Weite
in die er als ein anderer
davonsprengt
mit dem Glanz
des Fells
im Gesicht

Zurückgekehrt malt er
den erinnerten Staub
der den Körper
verdeckt
verläßlich
in den Farben
der Kleider

Raum

Abgeschnitten liegt
die Hand auf dem Tisch
Immer weiter drängen sich
Menschen herein
Jedem von ihnen
gehört die Hand
Jeder kann es bezeugen
mit seinem Schmerz
Der Tisch wird länger
er wächst in die Tiefe
Immer weiter entfernt sich
die Hand

Stifter

Seine zu Tode verlobten Jungfrauen
die er sich aufreiht zum Trost
auf der selbstmordgeränderten
Brüstung.

Er beugt sich über die Pläne von
gotischen Kirchen,
im 19. Jahrhundert glaubt man
an Wiederbelebung.

Ein Jahrhundert später
sucht er mich aus.
Er geht hinein in meinen Ring.
Mit seinem Stöckchen
zeigt er mir im Steinblau
eine Kirche aus Luft.
Ich will atmen.
Pst, sagt er. Und geht.

Mittag eines Saxophonspielers

Einzelne Schwebungen
verloren
Eine Pause die sich
ausdehnt
Die Luft gerät ins
Stocken
Dann einzelne Tropfen
Es ist der Regen
der wieder einsetzt
Jetzt die kaputten Töne

Letzte Vorstellung

Das Bandoneon
das auseinander-
zieht zusammen-
drückt
wird luftlos

Aus dem Rücken
der Frau
das Nilpferd
das ihm entgegen-
tritt

Die Schulterblätter
sind die Flanken
die bedrängender
werden je mehr
sie sich entfernt

Schnaubend
verabschieden sich
die Eroten

Regen Regen Regen

Eine Regenmarionette
hängt herum
Zwischen ihr und dieser leblosen
Wolke
nur Schnüre
Keine Nachricht

Schienenwege

1
Im Abteil

Zwischen Hitze
und Schlaf

ziehen die Bäume
die Häuser so gleichmäßig
vorbei

daß die Bahn
still steht

2
Abschüssiges Gelände

In Abständen nehmen wir es wahr
das Geräusch
das herläuft neben den Schienen
das zusammensetzt
und zerstückt

Die Schienen gleiten abwärts
Fast unmerklich der Sog
der uns unter
die Erde zieht

Cocteau

Sich ins Glaubhafte
zu fälschen war
schwierig
Aber als ihm die
papierene Verhärtung
mit dem roten Geschlechtsrand
gelang
glaubten wir
seinem Stempel
Fortan entzückte er
als homosexuelle Narzisse
und war
ein Dichter

Der vielhändige Tod

Eine Unzahl von Klavieren –
Lauter Fremde darunter auch ich
die spielen und spielen
Die Noten sind Katzen –
Die Zärtlichkeit der Katzen
die einen selbst nicht meint
die aufhört
jetzt –
Eine Wiese breitet sich aus
auf der der Körper sich bäumt
bis hin zum Wald
der jenseits der Schreie
durch einen hindurchwächst –
Erstaunt und verlegen
sehen die Katzen zu

Meret Oppenheim

Nur zum Teil
gemeint sei
das Geschlecht
sagt sie

Wie ein Fundstück
sei die Tasse
aus dem Abgrund
eines Todes

aus der Vorzeit sagt sie
kaum noch hörbar
in der pelzverbrämten Öffnung
der Gesellschaft

ist verschluckt

Auf dem Eis

Meiner Katze fehlt nichts
Sie schnallt sich Schlittschuhe
an ihre Pfoten
Die Schlittschuhe sind winzig klein
und passen zu der Trompete
die sie aufbewahrt in ihrer Kehle
für die silberne Scheinheiligkeit
ihres Maunzens
mit dem sie mich
das Sehnsuchtstier das ihr nachläuft
beklagt wenn es einbricht

Das Wasserschleppbein

Ungerührt sitzt der Mann da
Er fischt eine Fliege
aus seinem Glas
und macht sie tot
Soviel zum Fliegen sagt er
steht auf
Er hat eine Badehose an
Aber nur ein Bein ist wirklich
Das andere ist eine Woge
die er hinter sich herzieht
Versuch es mit Schwimmen
sagt er und geht

Cézanne

Das Tuch das seine Blindheit
ist unter der er sich windet
die ihn erstickt –
Sein Raum hat aufgehört
und der der Äpfel
die er im Lichteinfall
plaziert hat –
Und die jetzt reglos liegen
an der Stelle von Augen

Inhalt

III

Über dieses Buch

Im Vordergrund stehen Bewegungsbilder, Bilder der Veränderungen von Richtungen und Zeitabläufen, von Menschen und Natur, von Kunstwerken und Alltagssituationen, Bewegungen, die ineinander übergehen, sich verzerren oder einander aufheben, in der Einbildung, in der Wahrnehmung, in der Wirklichkeit. Die Gedichte handeln von Täuschungen, Illusionen und Vergeblichkeiten. Sie sind filmschnittartige Montagen, die mit einer sachlichen und unsentimentalen Trauer Augenblicke in einem bedrohlich *abschüssigen Gelände* festhalten, in dem alles – selbst noch das eigene Ich – entgleitet, abhanden kommt.

Die Autorin

Gisela Hemau lebt in Bonn. Studium der Philologie und der Literaturwissenschaft in München, Mainz und Würzburg. Zeitweilige Tätigkeit als Hörspiellektorin beim Westdeutschen Rundfunk. Gedichtveröffentlichungen in Zeitschriften, Jahrbüchern und im Rundfunk. Gedichtbände: MORTEFAKT (Nicolai Verlag), GITTER MIT AUGEN (Waldkircher Verlag).